# TRETAS DEL DÉBIL

TRETAS DEL DÉBIL

PIEDAD BONNETT

Número 17 de la Colección VALPARAÍSO DE POESÍA
dirigida por JAVIER BOZALONGO

Diseño de portada y maquetación: Chari Nogales

Primera edición: abril de 2013

© De los poemas: Piedad Bonnett
© Valparaíso Ediciones
  C/ Profesor García Gómez, 6, 1º 18004 Granada
  www.valparaisoediciones.es

  ISBN: 978-84-941036-5-0
  Depósito Legal: GR 796-2013

  Impreso en España - *Printed in Spain*
  Gráficas Gami

Cualquier forma de reproducción, distribución, comunicación pública o transformación de esta obra solo puede ser realizada con la autorización de sus titulares, salvo excepción prevista por la ley. Diríjase a CEDRO (Centro Español de Derechos Reprográficos) si necesita fotocopiar o escanear algún fragmento de esta obra (www.conlicencia.com; 917021970 / 932720445).

# PALABRAS INICIALES

1

Blanco azulado, blanco membranoso,
cielo ciego, violeta, nudo cárdeno,
y un tambor,
un tambor,
un tambor mudo,

el mundo un mar,
un mar,
un mar el mundo.
Blanco
 azulado,
blanco
 membranoso.

Empuja,
 puja.

El mundo, cielo ciego,

(el miedo es un gran mar,
un mar violeta)

meconio y miedo y vísceras
y un rojo resplandor detrás del párpado,
y la muerte enrollada a la garganta,

y la vida empujando:
un sol te llama tras la herida abierta.

Empuja,
        puja.

De mierda y miedo y sangre traje la piel manchada.
Mi madre olía a sal y la luz me cegó.

Ya no hay regreso.

2

Allí,
en aquel mundo que abría su grieta entre la bruma
yo vi manar el agua hirviente de la tierra,
la adormidera que se cerraba dócil a mi tacto,
la luciérnaga, metáfora del tiempo.

Allí ya estabas tú, temblando, aún sin palabras.

3

Comprobaste
con asombro dolido
que no era bella tu muñeca reciente.
La vida incompasiva no había puesto en mis ojos
el verde musgo que alumbraba los tuyos.
Y sí una fea mancha carmesí
sobre el labio infantil. Pero, puesto que la belleza era tu
                                                              credo,
ibas a batallar contra la injusta
naturaleza. "La voluntad todo lo puede"
nos dijiste siempre,
tú, la porfiada hacedora de milagros.
Todas las noches, con terca convicción,
frotabas mi tabique suavemente
para afinar lo torpemente hecho
por la divinidad. Y con firmeza regeneradora
con gruesas vendas moldeabas mis huesos
mientras dormía: una pequeña momia en su sarcófago
                                                          de perfección.

Toda una vida
tratando de romper las ataduras.

¡Ah, esas extrañas formas del amor!

4

La cometa golpeaba el azul
iluminando la pupila como una estrella de nombre
                                        desconocido.
En mis manos la cuerda abría heridas.
Pero lo fundamental no sucedía allí:
arriba la belleza desplegaba sus gracias lejanísimas
y era cuestión de abandonarse y volar.
Sentía el vértigo de aquel inverso mar, su escalofrío.
(El vértigo,
que es deseo de caer y terror
de caer)
Sin embargo, la tierra jalaba ya de mí como si fuera
su más valiosa posesión.
A ella me aferraba, pero mirando el cielo.

Yo era el viento,
las nubes, los colores,
la cuerda tensa, el césped, la pupila.

En la altura
qué sola se veía la cometa.

5

Tenía miedo de tu miedo
y miedo de mi miedo.

De tu castigo justiciero,
del brazo en alto
que pretendía detener mi llanto.

Cómo he temido luego la furia de los débiles.

Me regalaste un pájaro monstruoso
de alas sombrías y pico carnicero.

Alimentarlo
fue mi mejor manera de quererte.

El pájaro vigilaba mi jaula como un verdugo ávido.

Yo pensaba que el mundo era cosa de hombres,
mientras mis senos
crecían en abierta rebeldía.

6

Pero yo era el gato con botas el sastrecillo valiente la hija
                    número tres la doncella
que duerme yo era la flecha el arco la puerta de cristal
                    pasadizo la luz que en la
penumbra del polvo hacía estrellas

Y del infierno se podía volver con los tres pelos del diablo
                    entre los dedos
y las palabras mágicas
y las palabras mágicas
y las palabras mágicas que intento todavía.

7

Ha llegado un médico nuevo, dicen,
ha alquilado una pieza en el hotel de la plaza,
ha abierto su consultorio en el callejón que sale a
                                      Otramina,
en el otro extremo del pueblo.
Desde hace una semana el médico nuevo ha puesto un
                                      letrero en la puerta,
su diploma en la pared recién blanqueada,
y se ha sentado a esperar.
Los niños asoman todas las tardes sus cabezas curiosas,
las mujeres pasan de prisa, pero aprovechan para mirar
                                      de reojo,
los hombres en sus hogares han dado órdenes
                                      perentorias.
¿Qué puede saber un negro de medicina?
Se quedará esperando el enfermo que llegue a describir
                                      sus dolencias.
Cuando regresa al hotel, cada tarde,
los jugadores de billar suspenden su juego, con el taco
                                      en la mano,
y lo miran sonriendo,
orgullosos sin duda de la piel que reviste
sus almas blancas
como el marfil con que hacen carambolas.

8

Cae la noche a mediodía
como un anuncio
de tempestad. Los animales
se inquietan, y las flores
tiemblan en sus macetas como muchachas tontas.
Los sombríos corredores de la infancia,
se encienden de bombillas
                    fantasmagóricas,
y todo te habla
de ansiedades futuras que ya tu carne siente.

La madre ha ido, con el primer relámpago,
por la palma bendita. Si la quemamos, dice,
no habrá ya ira en los cielos.
Dios amenaza y ruge como el cura en su púlpito:
en el centro del mundo que es el patio
cae el ruido estallando con sus chispas de fuego.

Pero el humo sagrado
ya ha empezado a ascender.
No tengas miedo.
El sacrificio
doma el furor divino, no lo olvides.
Alista tu cabeza sobre el Ara.

9

Mi hermana mira sus manos todos los días
cuando amanece. Una, otra vez
mira sus manos. La
procesión de leprosos pasó camino al alto
en peregrinación, rotas sus caras
donde brillan los ojos con el brillo vidrioso
de la muerte. Alguno pidió para su sed
un poco de agua, y el vaso
fue roto noblemente contra la piedra impávida.
La lepra es contagiosa. También
lo es la tuberculosis. Seis jovencitas bellas y tristes,
hermanas de la abuela, murieron una a una
en su casona. Agitaban sus manos
para decir adiós desde su encierro,
como aves blancas que vuelan a morir en otras costas.
Mi hermana mira, pues, el dorso de sus manos
espiando alguna mancha que anticipe la peste.
No lo sabíamos:
nacemos ya mordidos, hermana, por la muerte.

10

Sobre las mesas, debajo de los humildes toldos,
los frutos que han bajado del cielo
para la fiesta de San Isidro.
Ahora iluminan el rostro de los niños
que en la cocina empinan la mirada curiosa.
Éste es cárdeno y encierra una carne blancuzca
que enripia el paladar. Aquel derrama miel oscura y
                                                                           otro
provoca el estornudo con su polvo taheño. Uno más,
ahusado, pela la lengua y llaga la garganta. Todo
lo agreste en ellas arde y funda
memoria. Pero lo milagroso es la palabra
que otorga ser: caimito, cañafístula, piñuela,
algarrobo, madroño, sande, uchuva.
Música que se levanta como ola
negra y cargada de brillantes peces.

11

En el jardín, mi madre está cortando blancas azaleas
para el altar
donde las estudiantes pedirán a la virgen
su gracia inmaculada.
Mi madre es más hermosa
que la madona de rostro inclinado
y ojos bovinos. La luz de sus manos
compite con la pálida tersura de las flores.
Pero ahora se engaña y asustada
suelta el ramo en la hierba: en vez del tallo
ha tocado la piel de una serpiente.
La belleza descubre su entraña venenosa,
su lengua bífida. No hay pie que oprima
la pequeña cabeza retadora.

12

Por la calle empedrada la procesión avanza
detrás del ataúd. Es blanco. Un niño
ha muerto, dicen en la mesa.
En la cocina
se cuenta que murió de culebrilla.
¿No era la muerte sólo de los viejos?
Mientras me da el jarabe
Anita dice: ahora es un ángel. Siento
que es más amarga hoy la medicina,
pero la trago sin cerrar los ojos.

13

La bestia yace rígida y hendida,
sin su jinete.
A ese caballo que trota loco por el monte le han herido
                                         en los ojos.
Y ese otro agoniza con las patas quebradas.
Los jinetes eran rojos o azules, qué más da,
la sangre siempre es roja y ahogó sus gargantas
cortadas por el rápido cuchillo. Y la muerte es azul
como una flor enferma. Los traerán
en costales de fique,
extenderán sus cuerpos bajo la tierna luz de la mañana
mientras los niños suman en la escuela.
¿Cuántos?
Uno era Luis el personero.
Dos, Bastián, el vendedor de lotería.
Tres, el sargento Jaramillo.
No alcanzarán los rezos para todos.
El miedo sí.
No mires. Ya los traen.

14

Te despierta el rumor, el río aborregado de llanto
y maldiciones. La noche sobrevive a las hogueras
que se encienden,
y allí los ves, detrás de la rendija,
lejos de tu gran ojo,
en la plaza que los mece y acuna,
—oscura turba de pavor y polvo—
gallinas
crucificadas, cerdos,
y una historia que queda atrás como los muertos
picoteados por invisibles gallinazos.

15

Cuando mi padre fue un punto lejano en la bruma de la
mañana,
cerró mi madre los postigos
y empezó su tarea.

En papel encerado envolvió uno por uno los platos de la
vajilla inglesa,
la quesera de peltre, los sartenes,
la estola, los manguitos, el sombrero de fieltro de la boda,
el Tesoro de la Juventud que mi padre había pagado a
cuotas,
y la máquina Singer,
con la que había cosido su joven matrimonio
tarde a tarde,

su soledad
pespuntada con triste mansedumbre.

(Yo sostenía el aire, me hacía mayor
en la complicidad que nos unía).

Enseguida, con su caligrafía de maestra
de largas eles pálidas y vocales rotundas,
escribió en un pedazo de cartulina blanca:
"Vendo muebles y enseres".

Lo demás fue esperar.

16

Doña Noema tenía unos senos grandes, oblicuos, como
                                        alas de oca:
su abrazo era temible, su olor a regaliz.
Enith y Ester, las turcas, hablaban en su lengua, y sus
                                            palabras
picoteaban el aire, los espejos, los manteles abiertos
entre sus manos cubiertas de sortijas y piedras de colores.
La dignidad de Jesús, el carpintero, era seca y nudosa
como su espina dorsal. Palpaba
las superficies de comino crespo, olía el pino,
daba ligeros golpes al armario inclinando la frente.
Mi madre decía el precio de cada cosa
calladamente, como quien se disculpa.
El tocador, la vitrola alemana, la cunita de mimbre, las
                                            macetas.

Cuando llegó mi padre, el sol caía ya,
sembraba el empedrado
de círculos de luz como monedas.

¡Se ve tan solo en medio de su asombro!
Tan pequeño entre aquellas paredes despojadas,
bajo los altos techos donde el eco resuena,
donde resuena un invisible llanto mientras mamá sonríe,
                                          sudorosa.

17

(Me corresponde hoy imaginar la historia
que no le oí jamás,
silenciada tal vez por el deseo de no haber sido aquel
que una vez fue)

Soñar una pieza de hotel, con una cama estrecha
y una lámpara y un escaparate
para sus dos vestidos, *Selecciones*,
los libros heredados que incluían
un vademécum donde la difteria era una enorme lengua
                                              supurante.
Puedo también soñar un radio enorme,
oír antes del sueño las voces extranjeras
hablando de la guerra,
                Rommel, Hitler,
los tanques de Leclerc,
y un llanto que sin lágrimas lloraba
una orfandad a medias. Puedo soñar sus sueños
pero temo
detenerme temblando sobre el verso
vencida de piedad. Sé que un insecto
trepaba hasta su pie regando baba,
y que aquel niño-hombre le temía
tanto como a la luz de la mañana.

18

Desde la ventanilla del viejo bus
veo el mundo correr,

los árboles correr,
correr el viento,

el niño que dice adiós correr,
el postigo, la alambrada, el camino.

¿Son ellos
los que se van

son ellos los que huyen?

Mi hermana y yo llevábamos abrigos:
ella rojo y yo azul,

mi hermano duerme.

No lloren,
madre,
padre,

el llanto de un adulto es una piedra
en la espalda de un niño silencioso.

19

No sabes lo que llevas
en tu valija. Cuando la abras
volarán golondrinas
y murciélagos a los que harás cantar
para espantar el miedo.

20

¿Quién dice que hay palabras
para nombrar lo ido?
Como obstinados contadores de sueños,
hablamos de un rayito de luz
en una
habitación anochecida,
pintamos las pequeñas partículas de polvo,

oro que cae en nuestro corazón.
Una tía que amamos a pesar de sus cóleras
va por los cuartos muertos
con un candil,

la Carta Roja,
tomada a cucharadas en la noche de fiebre
es
    apenas un color,

el de la sangre
que cae de la nariz sobre el tazón de leche
como señal temprana de la muerte.

21

Allá abajo
la ciudad nueva, la inventada por ti,

que ahora te retocas los labios,
te embelleces para ella.

Qué bonita
familia,

como para un retrato.

Abran, niños, los ojos
y sonrían.

LUGARES COMUNES

I

DÍA LIBRE

Yalila, Moraima, Zulena.
Sus nombres suenan como agua derramada en aldeas
 ardientes
de extrañas geografías. Van frescas y ruidosas
alumbrando el domingo bogotano
como soles inversos. Son las muchachas negras, en
 bandada,
que han dejado sus cuartos, sus cocinas,
y van a un baile, al cine,
parloteando alegres mientras fuman Pielroja.
Los viandantes las miran
levemente curiosos,
como a extraños satélites de su blanco planeta,
sin comprender la música sagrada
y montaraz y antigua de sus risas.

INSTANTÁNEA

Desde el automóvil —la luz en rojo—
yo los veo pasar en fila india.
Adelante va el viejo.
Sus pasos amplios, dobladas las rodillas, la cabeza
                                            inclinada,
como animal que han castigado muchas veces.
En la mano la bolsa,
y no sé adivinar, pero allí pareciera
residir el precario equilibrio de su cuerpo.
Detrás, alto el mentón,
los ojos más allá de esta calle, en otra calle,
un hombre en sus treinta años va montado.
Y el niño atrás, hijo seguramente, tal vez nieto,
apretando su paso detrás de los mayores.
Vienen de levantar casas de otros
cuyos nombres ignoran. Han lavado sus manos,
han intentado acaso sacar la dura mugre de sus uñas,
y sus cabezas
mojadas y peinadas
brillan con el sol perezoso de la tarde.
Pasa la luz a verde
y yo los dejo
caminando a su ciego punto muerto.

FIN DE SEMANA EN FAMILIA

En el comedor del balneario toman su almuerzo las
                                        pálidas familias
todavía los cuerpos ablandados de sales las cabezas
                                        peinadas
y los abuelos lucen las camisas baratas que han
                                    comprado sus yernos
y la muchacha fronteriza
sonríe bobamente mientras la madre suda
y le da con paciencia la sopa a cucharadas.
En el comedor del balneario los meseros atienden a sus
                                            clientes
con un silencio eficiente y desdeñoso
y los padres revisan los platos de los niños hasta ver que
                                            no hay nada.
Hablan de tanto en tanto sobre lo placentero del lugar
mastican lentamente su comida
y miran su domingo que afuera languidece
satisfechos de sí de su alegría.

QUIZÁ DIRÍA

Si ese hombre con sus pústulas dijera,
pudiera decir *yo*,
quizá hablaría de una mujer llorando sobre un río de
                                            ropas,
de alguien que dice !apúrate! y madruga,
o de cómo sangraba la gallina
allá patasarriba,
            —pobrecita—
de una moneda
bajo la lengua,
sí,
y de la zurriaga,
de su chasquido de agua en las espaldas.

Quizá diría
la verdad que le falta a este poema.

Pero ahora llueve,
sobre su frente, en sus zapatos, llueve,
caen las gruesas gotas formando charcos pardos,

o quizá
el sol hinche sus labios
y escupa y sangre y tiemble y nos maldiga
mientras yo escribo aquí bajo mi lámpara,
sin frío ni calor
y ese hombre con sus pústulas
desde su orilla de papel burlón
alza su mano sucia y me hace un gesto obsceno.

PAISAJE

El sol del mediodía, su luz sonámbula,
el recio azul del cielo tirante y sordo,
el aire y su ondulante resplandor de hojalata,
las vacas tardas, tontas, en el verde infinito,
y las moscas zumbonas,
tornasoladas,
su círculo de muerte coronando el silencio;
los ojos como espejos, y en los ojos,
el ave circular, la nube pasajera;
y las manos atadas,
y la tierra
donde crecen los yuyos fieramente,
las zarzas, el jaramago, las madreselvas.
Todo esperando el lente de los fotógrafos;
y a lo lejos la risa de las hienas.

RECICLANDO

Cuando papa en un ataque de rabia mató al gato,
a mi gato Bartolo
porque metió la cola entre su caldo
y porque ya era viejo y no cazaba como debía ratones
y además era caro mantenerlo,
cuando papá borracho lo mató con sus manos,
hubo una gran algarabía en casa.
Vinieron todos, todos;
mi hermana dijo: guárdenme los ojos
para un par de zarcillos, y Martino,
nuestro vecino ciego, se pidió las tripitas
—sirven para hacer cuerdas de violín—
y mi mamá, que al principio lloró, lloró conmigo,
quiso la piel
para ponerle cuello a su chaqueta,
y los bigotes
se los pidió mi hermano Eladio el que es mecánico,
y los cojines de sus patas fueron
lindos alfileteros
para la bruja gorda que vive atrás del patio
y es modista.
Lo que sobró lo hirvieron con sal y con cebolla.
Se lo dieron a Luis, que duerme en nuestra calle,
pues también sirve el caldo de gato para el hambre.
Yo me pedí los huesos.
Uno a uno los muerdo delante del espejo de mi hermana

porque dijo mi abuela
que al morder el que toca se vuelve uno invisible,

y eso quiero.

PÁGINA ROJA

En la fotografía del periódico veo el rostro desconocido,
tan desconocido como puede serlo el de un hombre de
                                                                          campo
para el que Bogotá era apenas una imagen remota.
Arriba el titular de la masacre. Abajo los detalles:
las manos amarradas a la espalda, el incendio del caserío,
la huída mansa de los vivos.
La frente es amplia. En sus veinte años
seguro que algún sueño la habitaba.
Milton era su nombre, y puedo estar segura
de que lo ignoró todo sobre el poeta ciego.
Los ojos perspicaces, la piel tersa, el óvalo aniñado.
Y alumbrándole el rostro, la risa poderosa, como barril
                                                                          de pólvora.
Con esos dientes sanos habría podido romper lazos más
                                                                           fuertes
que los de sus muñecas.
La muerte mancha ya de caries su blancura
y escarba hasta encontrar la fría luz del hueso.

SIN NOVEDAD EN EL FRENTE

En esta misma hora
Cecilio estaría sangrando la vaca:
le diría "quieta" con su voz nocturna.
Y Antonio, en esta misma hora, escribiría
con su letra patoja, "recibido".
¿Qué haría Luis? Quizá le ayudaría
a su hermano menor a hacer sumas y restas,
quizá se despidiera de su madre
pasándole la mano por el pelo.

(Cecilio, Antonio, Luis, nombres conjeturales
para rostros nacidos de otros rostros)

Cecilio es negro como el faldón con flores de su madre.
Antonio tiene acné y sufre los sábados
cuando va a un baile y ve a una muchacha hermosa.
Luis es largo y amable y virgen todavía.

En esta misma hora,
uno mira hacia el sur, donde su hermana
ha encendido una vela. Un gallinazo
picotea su frente. El otro
parece que estuviera cantando, tan abierta
tiene la boca a tan temprana hora. La misma
en que el tercero,
               (largo y amable y virgen todavía)
parece que durmiera

con una flor de sangre sobre el sexo.
Sobre su pecho hay un escapulario.

Todo en el monte calla.
Ya alguien vendrá por ellos.

SOUVENIR

En el cuarto de Linda, en Mobile, Alabama,
hay un joyero en hueso con punteras de plata.
Su hermano Joe lo trajo de la guerra.
Bastó alargar la mano, meterlo en el bolsillo.
De todos modos
a aquella chica que parecía mirarlo, censurándolo,
no iba a servirle ya.
			(Cuarenta grados, todo aquello hedía.
Era en verdad un hecho milagroso
su rostro intacto, su negra trenza aún viva
sobre el hombro y el pecho destrozado)

En el bar, Joe celebra la vida con ginebra,
apuesta, pierde, gana,
y a veces se silencia.
La muerte lo ha cargado de repentina hombría.

Ante el espejo
Linda se prueba un par de aretes rojos.
En la caja de hueso caben juntos
		sus sueños de algodón,
		una pulsera,
		un broche,

		toda la humillación,
		todo el oprobio.

EL HIJO PRÓDIGO

Forastero soy en tierra extraña

ÉXODO-2-22

Ya no teníamos pasos, ni pies, sólo la furia
de tener que vivir y en la memoria
el rescoldo aún tibio de nuestros pobres miedos,

y las gallinas colgando,
      sus cabezas,
      sus ojitos abiertos,
          la negra sangre hirviendo en sus pescuezos,

y sed y ningún resto de pan ácimo.

Alguna parte debía hacer de puerto
después de los rastrojos, las serpientes, el llanto
de los niños,
de nuestros cuerpos oliendo aún a humo.

Aquí hay y habrá siempre una esquina,
eso me dicen, quédate,
no hay vergüenza en la necesidad,
                tiende tu mano,

y sin embargo siempre estuve erguido
a pesar de doblarme día a día
sobre la tierra o el filón o el río,

y además crecen
paisajes en mis ojos.

Todo es ajeno aquí.

Decidí regresar
porque la muerte allí es más mía que esta muerte.

JERUSALEN, JULIO DE 1997

Qué gesto hay en sus rostros, qué palidez acaso,
o qué luz misteriosa iluminando
las frentes y los ojos fervorosos
cuando entran al mercado,
ciegos para la roja pulpa de las granadas
y para el brillo líquido de las cebollas
en que el sol se remansa
inocente y aún tibio esta mañana.
No pueden ver, no ven, no quieren ver,
el rostro del que pesa la col en la balanza,
la espalda de la anciana señora que examina
con ademán pausado las manzanas,
o la sonrisa amable del comprador que alegre
bromea y cuenta una pequeña historia
trazando blandos signos en el aire.
Los puedo imaginar mirándose a los ojos
en una eternidad ya conquistada,
antes de que la furia de la pólvora arrase
con tulipanes, higos, habas, nueces,
y destroce la entraña feraz de los melones,
y el cielo se derrumbe sobre un río de manos.
¿Qué oración poderosa se interrumpió en sus pechos,
donde el amor fue odio por un instante,
y ofrenda y dura ley y víscera sangrante,
y puerta al cielo de los que aún creen
y al infierno de luz que entre sus huesos arde?

II

LOS ESTUDIANTES

Los saludables, los briosos estudiantes de espléndidas
                                              sonrisas
y mejillas felposas, los que encienden un sueño en otro
                                                   sueño
y respiran su aire como recién nacidos,
los que buscan rincones para mejor amarse
y dulcemente eternos juegan ruleta rusa,
los estudiantes ávidos y locos y fervientes,
los de los tiernos cuellos listos frente a la espada,
las muchachas que exhiben sus muslos soleados
sus pechos, sus ombligos
perfectos e inocentes como oscuras corolas,
qué se hacen
mañana qué se hicieron
qué agujero
ayer se los tragó
bajo qué piel
callosa, triste, mustia
sobreviven

POR EL CAMPUS

Hace ya muchos días —me digo
mientras recorro las cinco cuadras de cada mañana—
que el hombre aquel de rostro hepático y lengua
                                            maldiciente
no ocupa ya su esquina. Habrá muerto tal vez.
Mientras tanto, han levantado este edificio rosa
aséptico y atroz. Y la mendiga de los siete perros,
la vieja bruja
que se alzaba la falda
y mostraba su pubis macilento
tampoco ha vuelto. Ni el abuelito aquel de las manzanas.
Todo esto pienso
mientras camino entre mis estudiantes
de caras siempre nuevas,
sintiendo, extrañamente, con leve escalofrío,
que unos ojos secretos desde siempre me miran.

DE TARDE EN TARDE

A mi madre le gusta ir a ese café de sobrias lámparas,
pedir galletas de vainilla,
tomar dos tazas de té negro con parsimonia
como en un acto ceremonial.
Hoy la he traído, pues, cediendo al gesto filial mi tarde
                                                  laboriosa.
Tras los enormes ventanales vemos correr la vida afuera
mientras hablamos de otros días
y la tibieza del lugar sugiere que la felicidad no es más
                                                  que esto.
De repente,
como recuperando las palabras de un sueño
ella dice: "Qué lástima que todo se termina".
Lo dice con sonrisa liviana, pues sabe
que ser trascendental no conviene a la tarde.
(Mi madre cumplió setenta y cuatro años
y alguna vez fue bella)
Al fondo de las tazas el té pinta sus signos.
Yo no sé qué decir.
Miramos la avenida, las caras planas de los transeúntes,
los árboles que callan. Anochece.

REGRESO

Uno a uno han llegado los hermanos
atendiendo al llamado desnudo de la muerte.
Regresan
de sus altas ciudades invernales
con sus abrigos fúnebres y sus pequeños odios, sus
                                                                   rencores,
y un miedo antiguo
golpeando sus pechos como una dura aldaba.
Mientras la madre muere lentamente,
reconocen los cuartos, saquean la cocina,
hablan de tiempo,
hablan de patria,
y cuando alza su vuelo el moscardón azul de algún
                                                                    recuerdo,
en la sala en penumbra,
como un grupo de extraños que en un vagón del tren
                                                                  mira el paisaje,
ensimismados, callan.
Ahora está llorando quedamente
la madre sostenida por su cielo de almohadas:
alguien ha de haber muerto —razona— y se lo ocultan.
Si no, ¿como se explica que hayan venido todos,
al mismo tiempo todos,
y se vean tan tristes, sus muchachos?

MOAB (UTAH)

Cada mañana,
cuando las gentes de Moab abren sus puertas,
ven la inmensa cadena de montañas de piedra
que ciñe su pequeña ciudad
como un rosado anillo prehistórico

y allá arriba
el cielo imperturbable,
recién nacido insecto luminoso
que ignora la belleza de sus alas.

Saben los habitantes de Moab
que detrás de las rocas,
más allá de sus vidas ajenas a todo sobresalto,
se extiende un universo de silencio,
dunas,
abismos, lava gris y rosa,
y el viento cabeceando entre los riscos.

Cuando la carretera que atraviesa Moab queda desierta,
el silencio que habita detrás de las montañas
cae sobre sus gentes como una culpa antigua.
Ellos, hombres buenos que viven tercamente sus días,
levantan sus miradas hacia el cielo
y beben de su azul,
beben de su remota transparencia.

COMPOSICIÓN

El pájaro
ha venido a posarse sobre la roca
y vibra allí, en lo alto,
como una efímera llamita colorada.
Entre uno y otro vuelo, la dura superficie
da apoyo a su fatiga.
El cuello palpitante, los ojos rápidos,
las patas de bambú,
son pura levedad contra el rigor del risco.
El mar, más allá del furioso acantilado,
es un amplio silencio sin orillas.
Ahora se eleva el pájaro, se fuga,
y el cielo abre su espacio a sus frágiles días.
La roca, árida, invulnerable, permanente,
no necesita al pájaro, me digo.

ROSAS

Con el estiércol que arrojan a mi patio
abono yo mis rosas.
Aéreas en sus tallos, de la luz se alimentan
aunque lleven la muerte dormida en sus corolas.
Y su belleza, inútil como toda belleza,
sus espinas inocuas, hacen cerco
al corazón, guerrean
con la bestia que acecha en la tiniebla.

CONVERSACIÓN CON CLAUDIA

Dice Claudia que las tardes sombrías en que amenaza
                                                                             lluvia
nos tranquilizan. Todo en ellas es neutro, no hay lugar
para el desasosiego entre sus faldas grises.
Es cierto, Claudia.
En las tardes nubladas la vida pasa afuera con abierto
                                                                            desgano,
y el pitazo del tren
no levanta un polvero de nostalgias.
Resistimos la música de Schumann
sin que se desafine el corazón,
y el libro
que leemos
no nos hace llorar de forma intempestiva.
Las tardes frías
no nos asustan
como esta tarde de tirante cielo
en que el mundo parece detenido,
en que vibra la atmósfera con lucidez de vértigo,
en que todo es ajeno,
es inasible,
y el amor es de otros,
para otros es el cielo,
y se oye arder el fuego de sequía.
Habrá una tarde innumerable, Claudia,
libre de tedio y libre de tortura. Sin memoria, sin duelos,
                                                                             sin deseos.
Será brumosa y gris, sin sobresaltos.

Como raíces
beberemos el agua de la tierra,
ajenas a la luz que hoy nos lastima.

TO BE OR NOT TO BE

To be or not to be dijo alguien una vez,
y ese es ni más ni menos el dilema.

(La calavera lo miraba con
        sonrisa de sarcasmo)

Diariamente
nos miramos subir, bajar, mentir,
suspiramos detrás de la escalera,
cosechamos ojeras azules
            —como Hamlet—.

Con toda perfección nos imitamos.

Templamos el acero
del corazón
o lo arrojamos sangrante a los perros.

Bastaría con un poco de asepsia,
Seconal, Ativan, un dulce lecho,
nada que manche al que duerme a tu lado.

To be or not to be
        dijiste
            Hamlet.
Ya
no nos mató la espada envenenada.

Vamos al cine pues y hacemos el amor
con un ritmo prudente,

de nuestras propias vísceras comemos
hasta sonar tan huecos como cáscaras.

VIAJEROS

A Eugenio Montejo

Aquella historia, Eugenio, que me contaste
en el aeropuerto de Barajas,
de vez en cuando viene, milagrosa,
y me acompaña.
Entre aviones que ruedan, entre gentes
a las que crecen alas,
sin oír el llamado que hacen los altavoces,
camina una muchacha.
Detrás de ella vas tú en tus treinta años,
detrás de ti, pausadas, las palabras,
detrás de tus palabras la "saudade",
y en fin, mi encantamiento y tu callado
rememorar. Y el tiempo
que ha venido de golpe hasta tus sienes,
y que ahora señala, banalmente,
que es hora de despedirnos ya.
Nos devora Barajas, boa lenta, ondulante.
Tú a tu ciudad de soles, yo a mi país de nieblas.
En mi valija
la joya de tu historia,
que hoy brilla en la memoria mientras se desvanecen
Barajas, la mañana y el gesto de tu mano
que dice adiós al borde del poema.

ORACIÓN

Para mis días pido,
Señor de los naufragios,
no agua para la sed, sino la sed,
no sueños
sino ganas de soñar.
Para las noches,
toda la oscuridad que sea necesaria
para ahogar mi propia oscuridad.

TRETAS DEL DÉBIL

Tretas del débil

JOSEFINA LUDMER

SIESTA

Más allá —más acá— de los cuerpos
vencidos ya,
de tu respiración
de niño, acompasada,
y de mi inquieto
cavilar,
         está el árbol
detrás de la ventana,
naciendo del verano hoja por hoja,
de su luz milagrosa y móvil y cambiante,

que habla de tiempo,
de lo eterno y lo efímero y del hecho
de existir,
de abandonarse así,
temblando,
a lo que nace.

PIE DE PÁGINA

*Vuelvo a ti, como vuelve
un emigrado a su país y lo redescubre.*

P.P. PASOLINI

Vuelvo
porque entre ayer y hoy cayó una suave sombra, vertical
                                                        y serena,
pared de transparencia que afantasma tus ojos.

Porque tu cuerpo, hostia multiplicada, es ya todos los
                                                          cuerpos,
y sin embargo a veces, solitario, duele en el paladar como
                                                         un sabor perdido.

Vuelvo porque tu ciego sol nocturno
me ciega como un turbio destello de verano
y tu silencio es roca desde donde alzo el vuelo.

Vuelvo para llorar en tu costado
mientras cuento una historia banal y te sonrío.

Porque llueve en mi alar de cuando en cuando,
porque la noche
me muestra su muñón y yo estoy sola.

Porque sí,
porque no,
porque mañana seremos una historia que nunca fue
                                                contada.

Vuelvo como los pájaros a las gastadas rosas
que ya no tienen miel
porque la espina
que desgarró la piel se ha vuelto venda.

Porque al fin y después de tanta pena.

Porque obstinadamente,
tercamente,
desandamos los pasos antes de la partida.

Porque entre verte y verte me lleno de palabras,
porque abro mis paréntesis mientras cierras los ojos,
y en el papel se obstinan los puntos suspensivos...

CERTEZA

Siempre hay paz en la certeza

TRUMAN CAPOTE

Hasta el fondo del vaso
desde tu oscuro fondo
caían las palabras
difíciles
amargas
caían como gotas espesas y brillantes
que iba sorbiendo el tiempo

como arena finísima
caían
haciendo un agujero
en mi mano extendida

y cada gesto
era ya para siempre

ideograma de tintas invisibles
de un idioma
que iba olvidando mientras lo aprendía

y el instante nacía cada vez
para morir
en memoria y en fuga de presente.

Tenerte era perderte.

No tenerte
es esperar
confiada
que no llegues.

FINAL DE PARTIDA

Pero siento nostalgia de mi antigua desdicha

CARLOS MARZAL

Entonces, esto era:
desierto el corazón,
liso como la palma de mi mano
donde no existe línea del mañana
y donde el surco del ayer, que un día
sangró como una herida que no cura,
se hizo blanca señal desdibujada.
Entonces, era esto: una simpleza.
Una hoja de papel que puesta al fuego
revela un desteñido caligrama.
Esta nada, amplia como una sábana desnuda.
Este dedo tratando inútilmente
de revivir la llaga.
¡Quién lo hubiera creído cuando ardía
en mis manos tu llama!

SUEÑO

Sobre la palma de mi mano derecha
una moneda roma
(de plomo, se diría)
pesa como una oscura culpa antigua.
Ella me ata a la tierra,
me otorga gravedad.
Sobre la palma de mi mano izquierda,
abierta cerca del corazón,
un puñado de espuma
brilla como los ojos del que ya no vendrá.
En el sueño
la espuma pesa más que la moneda:
el aire la disuelve y el vacío
oprime de tal modo
que quiero despertar.

LOS HOMBRES TRISTES
NO BAILAN EN PAREJA

Los hombres tristes ahuyentan a los pájaros.
Hasta sus frentes pensativas bajan
las nubes
y se rompen en fina lluvia opaca.
Las flores agonizan
en los jardines de los hombres tristes.
Sus precipicios tientan a la muerte.
En cambio,
las mujeres que en una mujer hay
nacen a un tiempo todas
ante los ojos tristes de los tristes.
La mujer-cántaro abre otra vez su vientre
y le ofrece su leche redentora.
La mujer-niña besa fervorosa
sus manos paternales de viudo desolado.
La de andar silencioso por la casa
lustra sus horas negras y remienda
los agujeros todos de su pecho.
Otra hay que al triste presta sus dos manos
como si fueran alas.
Pero los hombres tristes son sordos a sus músicas.
No hay pues mujer más sola,
más tristemente sola,
 que la que quiere amar a un hombre triste.

TEA TIME

Aquí estamos tú y yo, con estos trajes nuevos, bien cortados,
como dos decadentes aristócratas
que riegan con humor sus horas secas.
Debajo de tu ademán ligero
 en dónde estás,
dónde el filo que mi mano punzó hasta ver la sangre
que te daba a beber,

y tu tristeza
pausada como un largo adiós sin vuelta.

Dónde mi sed revuelta, sino atada
con cordeles debajo de la mesa,
mientras el té echa humo e impecables
sobre nuestras rodillas se abren las servilletas.
¿Estoy muerta detrás de tu solapa
de noble Lord?
¿Hay cicatrices en tus finas manos?
¿Qué eco de ayer resuena en tu cabeza?
Este vestido no me viene bien. Tampoco
este ritual de linos y de sedas.
Algo vivo
sube por mi esternón a mi garganta

pero muere al nacer
como una obscenidad que sofocada
quemara el paladar. Sonrío, no obstante. Bebo
mi té. Te ofrezco una galleta.

No va bien el dolor, querido mío,
con la etiqueta.

POEMA SIN NUBES

Ahora que a mi casa no entra el sol

Alguna vez mi casa tuvo un techo
protector como un ala, un talismán, un credo,
un remedo de cielo con su luna prestada,
su amanecer en punto, su canción dirigida

(y el cielo-cielo lejos de mis ojos vacíos)

Un viento huracanado —ángel ávido, amargo—
abrió una boca roja en mi techo dormido,
y un sol desconocido y armado entró por ella
y fui azul y dorada
en luz bautizada

(recién nacida a su amorosa herida)

Hoy que han tapiado todas mis ventanas,
el tragaluz, las fieras celosías,
que han cosido mis ojos con esparto
y han sellado este cuarto donde ardieron hogueras

(y donde tejió el sueño fantasías)

debajo de mis párpados alumbra un par de soles
y un cielo de memoria

(más allá de esta historia)

arde eterno en mis noches y mis días.

FILOSOFÍA DE LA CONSOLACIÓN

Leo
que la plenitud es la desaparición de la carencia
y que sólo es feliz
quien ha perdido ya toda esperanza.
Los que así escriben
no pueden entender que de la herida
que duele y hiede nazcan abejas rubias
y que su miel
sea la poca luz que nos alumbra.
Ellos,
dueños de su circunferencia conquistada,
no saben
qué infecunda es la paz donde no habitas.

DICHA ANIMAL

Dicha animal que expande su milagro
más allá de la piel, blandura ardiente
que ignora el hueso y su filosa forma de sostener.

El cuerpo poseído y que posee
es la anguila lustrosa y el agua donde nada
y la descarga
que ilumina su carne transparente,

puro vibrar sin tiempo,
aunque en su centro pulse, atolondrado,
feliz como una planta en un día de lluvia,
orgánico, inocente, el corazón.

OFERTORIO

Como un regalo acepto tu silencio,
con todo
lo que contiene su rigor de roca.
Con todas las preguntas que caben en su círculo,
su arañazo, su lágrima y su vientre
de tambor que golpeo
y donde sólo el golpe me responde.
Como algo que es,
que no puede no ser
acepto tu silencio.
Con todo lo que tiene de respuesta,
de grito figurado, de impotencia,
de palabras cosidas con largos hilos falsos.

Porque todo
lo que un hombre quiere soñar cabe en el puño
cerrado del silencio.

Te ofrezco a cambio
todo el silencio que tu oído pide,
que tu corazón pide,
y de puntillas
salgo de ti.
(Yo, que siempre he creído en las palabras)

MÚSICA DE FONDO

Hay penas que terminan
avergonzándonos:

zonza, desprestigiada, monocorde
como el zumbido
del moscardón contra el cristal o como
una vieja tía que se instala en casa
y teje y teje mascullando,
así

esa pena que no se fue nunca
y que mancha de tizne las mañanas.

En el cine, en la ducha, en el mercado,
en medio de la tarde o de la noche
dice la pena idénticas palabras

              sin aspavientos,
              sin coloraturas,
              sorda,
              monotemática,
              invencible.

De vez en cuando, sin embargo, el fiero
alacrán escondido se despierta,

salta
sobre mi corazón.
Su mordedura
vuelve a hacerlo sangrar.
Por el dolor deduzco que no he muerto.

ALGO HERMOSO TERMINA

> *Todos los días del mundo*
> *algo hermoso termina.*
>
> JAROSLAV SEIFERT

Duélete:
como a una vieja estrella fatigada
te ha dejado la luz. Y la criatura
que iluminabas
            (y que iluminaba
tus ojos ciegos a las nimias cosas
del mundo)

ha vuelto a ser mortal.
Todo recobra
su densidad, su peso, su volumen,
ese pobre equilibrio que sostiene
tu nuevo invierno. Alégrate.
Tus vísceras ahora son otra vez tus vísceras
y no crudo alimento de zozobras.
Ya no eres ese dios ebrio e incierto
que te fue dado ser. Muerde
el hueso que te dan,
llega a su médula,
recoge las migajas que deja la memoria.

ÍNDICE

PALABRAS INICIALES

1 9
2 11
3 12
4 13
5 14
6 15
7 16
8 17
9 18
10 19
11 20
12 21
13 22
14 23
15 24
16 25
17 26
18 27
19 28
20 29
21 30

LUGARES COMUNES

I
Día libre 35
Instantánea 36

Fin de semana 37
Quizá diría 38
Paisaje 39
Reciclando 40
Página roja 42
Sin novedad 43
Souvenir 45
El hijo pródigo 46
Jerusalen 48

II
Los estudiantes 51
Por el campus 52
De tarde en tarde 53
Regreso 54
Moab (utah) 55
Composición 56
Rosas 57
Conversación con claudia 58
To be or not to be 60
Viajeros 62
Oración 63

TRETAS DEL DÉBIL

Siesta 69
Pie de página 70
Certeza 72
Final de partida 74
Sueño 75

Los hombres tristes...76
Tea time 77
Poema sin nubes..79
Filosofía 81
Dicha animal 82
Ofertorio 83
Música de fondo 84
Algo hermoso 86

Tretas del débil
de Piedad Bonnett,
número 17 de la Colección Valparaíso de Poesía
se terminó de imprimir
en los Talleres Gami de Granada
el 10 de abril
de 2013.